AF357154

VENTE

HOTEL DROUOT

SALLE N° 10

Le Mardi 29 Avril 1902

A DEUX HEURES 1/4

FAIENCES ANCIENNES

Françaises et Italiennes

ANCIENNES PORCELAINES DE CHINE

Composant la Collection de M. G...

DESSINS — ESTAMPES

BRONZES — FERS — BOIS SCULPTÉS

TABLEAUX

Objets de vitrine

APPARTENANT A DIVERS

M⁰ René LYON, *Commissaire-Priseur*
29, Rue Le Pelletier

M. Ch. BELVAL, *Expert*
6, Rue St-Georges

CONDITIONS DE LA VENTE

Elle sera faite au comptant.

Les acquéreurs payeront *dix pour cent* en sus des adjudications.

L'exposition mettant le public à même de se rendre compte de l'état et de la nature des objets, il ne sera admis aucune réclamation une fois l'adjudication prononcée.

Faïences et Porcelaines Anciennes

Composant la Collection de Madame G...

DÉSIGNATION

1 — Assiette en ancienne faïence de Moustiers décor vert de grotesques et de fleurs.

2 — Trois assiettes en ancienne faïence de Moustiers polychrome, décor à fleurs.

3 — Belle assiette en ancienne faïence, de Moustiers polychrome, fleurs au marli, au centre un écusson.

4 — Assiette en ancienne faïence de Moustier polychrome, décor au marli, au centre une scène pastorale.

5 — Beau plat en ancienne faïence de Rouen polychrome, décor à la corne.

6 — Plat rond en ancienne faïence de Strasbourg, décor au Chinois.

7 — Plat en terre vernissée bords à godrons,
ancienne fabrique du Gers.

8 — Deux assiettes en ancienne faïence à
fond jaune, compartiments et réserves,
décor de fleurs.

9 — Deux assiettes en ancienne faïence de
Moustiers polychrome, fleurs et motif
central.

10 — Lanterne en ancienne faïence de Nevers.

11 — Pot en ancienne faïence française de la
Révolution avec inscription : Vive la na-
tion.

12 — Petite banette en vieux Rouen, décor
bleu.

13 — Très beau plat en ancienne faïence de
Moustiers, manganèse, grotesques et oi
seaux. Style de Berain.

14 — Deux tourtières en ancienne faïence à
décor de sujets allégoriques en bleu.

15 — Très beau plat en ancienne faïence de Moustiers jaune citron, grotesques et fleurs.

16 — Plat en vieux Moustiers polychrome, décor de fleurs au centre et au marli.

17 — Très beau plat ovale en ancienne faïence de Rouen, décor bleu.

18 — Plat forme banette ovale, ancienne faïence de Rouen, décor bleu.

19 — Très beau plat ovale en ancienne faïence de Moustiers citron, décor au marli; au centre, figurines d'enfants et grotesques. Décor de BÉRAIN.

20 — Très beau plat ovale en ancienne faïence de Moustiers violet, décor d'oiseaux et de fleurs.

21 — Plat ovale en ancienne faïence de Moustiers bleu foncé, ornements et oiseaux.

22 — Bouteille en ancienne faïence d'Urbino, décor bleu et jaune.

23 — Cruche à eau en ancienne faïence polychrome, décorée au centre d'un médaillon avec l'inscription : « Sy. Luppoli ».
Italie. xviiᵉ siècle.

24 — Petit pot avec inscription et la légende
de saint Jérôme, daté 1623. Ancienne
faïence d'Italie.

25 — Paire de potiches hautes à décor de
pastorales, couvercles à figurines de cor-
nemuseux. Ancienne faïence de Delft
bleue.

26 — Vase de pharmacie avec anses torses et
inscriptions : « C. de Hyacinte », lambrequins et mascarons, ancienne faïence
de Rouen.

27 — Plat rond, décor au centre d'un médaillon avec un amour, compartiments,
réserves, ornements Renaissance. Ancienne faïence d'Italie.

28 — Vase de pharmacie à décor de rinceaux
et de feuillages encadrant un médaillon
et l'inscription A. Baraginis, ancienne
faïence polychrome.

29 — Alcazaras en terre polychrome et vernissée. Ancienne fabrique du Gers.

30 — Petit plat, bords à godrons et compartiments, décoré d'oiseaux et d'arabes-
ques, ancienne faïence d'Urbino.

31 — Coupe sur piédouche à bords lobés,
décorée d'une figurine d'amour au centre,
fleurs au marli. Italie XVIIe siècle.

32 — Deux verseuses de forme ovoïde, décor
bleu et jaune, ornements et feuillages.
F. B. au dos sous l'anse, ancienne
faïence d'Italie.

33 -- Trois assiettes en ancienne faïence à
décor bleu vert, ornements au marli et
motifs au centre.

34 — Très beau plat en ancienne faïence de
Rouen. Lambrequins et figures allégoriques, décor en bleu.

35 — Plat ovale en ancienne faïence de
Moustier, décor en jaune soufre.

36 — Plat rond en ancienne faïence polychrome, décoré au centre de deux figures
Louis XIV couronnées.

37 — Petit plat ovale en ancienne faïence de
Moustiers, décor bleu foncé.

38 — Grand bain de pied à anses torses,
décor à personnages. Ancienne faïence de
Moustiers.

39 — Grand et beau plat ovale en ancienne
faïence de Moustiers vert, décor de BE-
RAIN.

40 — Deux plats en ancienne faïence de
Delft polychrome.

41 — Deux petits plats ovales en ancienne
faïence de Milan.

42 — Très beau plat ovale en ancienne
faïence de Moustiers polychrome, décor
de fleurs.

43 — Saladier à bords godronnés, décor
d'oiseaux, ancienne faïence de Moustier
polychrome.

44 — Plat rond en ancienne faïence polychrome d'Italie, compartiments, réserves,
fleurs et rinceaux, au centre un amour.

45 — Deux grands vases de pharmacie en
ancienne faïence à décor bleu, armoiries
et inscriptions : Aqu. Melliss, inf, Ros,
Rub.

46 — Verseuse en ancienne faïence de Rouen
décor bleu et rouge présentant la légende
de Saint-Nicolas, au dos l'inscription :
Nicolas Flamand.

47 — Bannette corbeille, décor bleu, ancienne faïence de Rouen.

48 — Plat ovale, ancienne faïence de Strasbourg.

49 — Plat rond à reflets métalliques, ancienne faïence hispano-mauresque.

50 — Coupe à bords relevés, décor à feuilles
d'acanthes. Style Louis XIV.

51 — Soupière carrée en ancienne faïence
polychrome de Rouen. Décor à la corne.

52 — Belle soupière ronde à décor bleu ancienne faïence de Rouen.

53 — Sucrier et couvercle, décor bleu. Ancienne fabrique de Roanne.

54 — Soupière plate en ancienne faïence de
Moustiers.

55 — Soupière en ancienne faïence de Marseille V. P.

56 — Grand plat rond ancienne faïence de
Marseille.

57 — Grand plat rond ancienne faïence de
Strasbourg.

58 — Belle soupière en ancienne faïence de
Moustiers polychrome.

59 — Pot à lait en ancienne faïence de
Moustiers.

60 — Deux assiettes en ancienne faïence de
Delft polychrome.

61 — Quatre assiettes en ancienne faïence
de Moustiers vert, décor à l'oiseau.

62 — Petite écuelle à oreilles en ancienne faïence de Moustiers, décor bleu grotesque.

63 — Deux burettes en ancienne faïence de Delft bleu.

64 — Chauferette du Midi en terre vernissée

65 — Sucrier en ancienne faïence polychrome du Midi.

66 — Environ 5o pièces, assiettes, plats en ancienne porcelaine de Chine famille rose (A diviser).

67 — Faïences non cataloguées.

OBJETS VARIÉS

APPARTENANT A DIVERS

68 — Statuétte de femme bois sculpté. Epoque gothique.

69 — Coquemard à deux becs en ancienne dinanderie xvie siècle.

70 — Lampe juive en bronze, à quatre lumières. Epoque Louis XIII.

71 — Têtes de chérubins et mufles de lions
bois sculpté. Epoque de la Renaissance.

72 — Fusil ancien incrusté de nacre, travail
oriental.

73 — Lanterne en ancienne faïence de Delft,
décor bleu.

74 — Canette en ancienne faïence de Bay-
reuth.

75 — Cinq plaquettes de meubles en ancienne
porcelaine tendre décorée.

76 — Coupe en cristal taillé. Epoque Ier Empire.

77 — Deux vases forme Médicis, porcelaine
française décorée.

78 — Deux statuettes : vaches, en ancienne
faïence de Delft polychrome.

79 — Paire d'appliques à deux lumières ca-
riatides de femmes. Style Louis XVI.

80 — Deux flambeaux Empire.

81 — Paire de chenêts, chien et chat. Style Louis XV.

82 — Statue équestre de Marc-Aurèle, bronze sur socle en marbre.

83 — Statuettes d'enfants, les Buveurs, bronze et marbre.

84 — Statuette en bronze, le Gladiateur.

85 — Petite statuette bronze japonais ancien. Chimère.

86 — Statuette bronze. Le Coq.

87 — Cadre bois sculpté et doré. Epoque Louis XIV.

88 — Arbalète ancienne.

89 — Deux cadres ovales bois sculpte et doré. Epoque Louis XVI.

90 — Beau cadre en bois sculpté et doré de l'époque Louis XIV.

91 — Estampes anciennes encadrées. (A diviser).

92 — Objets non catalogués.

Paris. — Imp. Ménard et Chaufour, 8-10, rue Milton.